UN VIOLON DANS LE MÉTRO

Robert POUDÉROU

UN VIOLON DANS LE MÉTRO

Roman

L'Harmattan

DU MÊME AUTEUR
Éditions L'Harmattan

Collection « Théâtre des cinq continents »

- ***Le Jour du diable*** /1998
- ***J'ai l'honneur*** /2000
- ***Le Ciel dans les bras*** /2002
- ***La Tranchée*** /2003
- ***Un Pavé dans les nuages,*** *réédition* /2004
- ***La Brise-l'Âme***, *réédition* /2006
- ***La Trappe*** /2009
- ***La Papesse américaine*** **/** 2011
- ***Le Choc*** /2014

Collection Théâtre

- ***Les Polyamoureux*** / 2015

Autres

- ***Les Cahiers du grenier,*** *contes et récits* /2004
- ***Pendant que vous dormiez***, *roman* /2009
(*Prix Pierre de L'Étoile en 2011*)
- ***Vues sur la nuit, radiodrames*** /2008

D'autres pièces de théâtre sont publiées notamment par l'Avant-Scène (une dizaine), L'Œil du Prince, Art et Comédie, Orizons, Les Mandarines.

5-7, rue de l'École-Polytechnique ; 75005 Paris
http://www.harmattan.fr
diffusion.harmattan@wanadoo.fr
harmattan1@wanadoo.fr
ISBN : 978-2-343-07786-4
EAN : 9782343077864

Ce texte est la novellisation d'un synopsis conçu pour la télévision ou le cinéma par Jacques Saurel et Robert Poudérou.

- 1 -

J'ai trente ans, aujourd'hui.
Il y a dix ans, j'ai voulu… enfin m'a pris la folie de vouloir faire en quelques semaines mon plein d'existence.
Jusqu'alors, pareille à celle de tous ceux que je croisais, ma vie n'était qu'un morne écoulement de journées et je la ressentais déjà comme un échec, malgré ma jeunesse et ma joliesse qui faisaient ensemble croire aux autres que tout m'était promis, que tout m'était permis.

Je pouvais me résumer ainsi : Marie-Hélène Cartier, vingt-trois ans, habite un deux-pièces-cuisine dans un immeuble de pierres de taille mais vit le plus souvent chez son papa veuf et prépare une maîtrise de droit avec beaucoup de bonne volonté. Autre signe particulier : néant – ça veut dire, ce néant là : pas d'enfance pauvre à porter en écharpe ; une mère morte avant d'avoir pu donner à sa fille unique une éducation haut de gamme ; un cursus scolaire et universitaire honorable ; en politique, une adhésion quasi-permanente au parti d'en rire ; ne pique pas à l'étalage, ne fume pas de joint, ne boit pas ou peu et… non ? Si, ça, oui : quelquefois… quelquefois je prenais un petit bonheur d'alcôve grâce à Jean-Louis, un saltimbanque sentimental, pas chiche de bons soins privés à mon endroit.

Jusqu'alors, pour remuer mon cœur, il y avait les rires et les pleurs des enfants, la connerie raciste et xénophobe pour l'ulcérer, la tendresse de mon père et de Jean-Louis pour l'apaiser mais, pour le porter aux nues, il n'y avait que la musique, la grande, la belle, l'unique, celle que l'on n'entend jamais dans les grandes surfaces ; or, cette musique là, la grande, la belle, l'unique, celle qui construisait une pyramide dans ma tête, elle était, un matin de mai, descendue dans un couloir du métro et elle vivait intensément et à la perfection sous l'archet d'un violoniste à ces instants pour moi anonyme.

C'était il y a sept ans et en mes yeux ouverts ou fermés, il y a toujours comme nées hier, les images inaltérées de notre histoire.
La raconter, cette histoire, est très éprouvant pour moi. Je m'y essaie depuis un mois. J'écris chaque jour et chaque nuit à perdre le sommeil et la notion du temps, m'acharnant, la main au stylo, comme si j'avais à payer une note de Dieu ou du Diable.
J'écris, je rature, je déchire. Je pleure de faiblesse et je crève de fatigue.
Bien fait pour moi ! La vie punit la petite Marie qui ne ratait jamais, en son enfance ou même en son adolescence, l'occasion de se rendre intéressante, qui voulait sans cesse l'amour et l'admiration des cœurs du cercle familial et amical ; cette Marie devenue femme a touché au mystère d'un homme, elle s'est brûlée au mystère d'un violoniste de génie qui se nommait Laurent Gruber.

- 2 -

C'était un jour de pâle soleil. Jean-Louis, dans la nuit, avait écrit une chanson - paroles et musique - et, à mon saut du lit, j'avais été bousculée par son enthousiasme et, sous ses douces caresses, mise en condition pour la répéter. Les copains du groupe, promptement convaincus au téléphone par mon auteur chéri, avaient accepté de nous rejoindre le matin même dans le garage abandonné que nous avions loué à une jeune propriétaire de plusieurs immeubles délabrés d'une impasse du onzième arrondissement.
Le groupe était formé de quatre musiciens ; Jean-Louis le dirigeait et j'avais été promue par son amour chanteuse du groupe - cette promotion soumise aux autres avait été, paraît-il, spontanément agréée par eux.
Nous avons répété la chanson.
Comme d'habitude Jean-Louis m'a couvée des yeux ; il m'a envoyé des bouffées de son saxo qui chargeaient les mots de la chanson de beaucoup d'émotion.

À l'issue de la répétition, les cœurs ont baigné dans l'allégresse et les esprits chauds voyaient déjà la chanson en tête du « Top des tubes » du prochain été ; mais ce rêve, pour qu'il devienne objectif et réalité possible, il fallait l'engager dans une subtile stratégie d'approche d'une maison de disques. Or, ce matin-là, comme mes potes, j'avais la foi, je pariais sur le talent de Jean-Louis et ses dons de vendeur.

Je les ai laissés en fiévreuses cogitations : mon père m'attendait pour déjeuner.
J'ai pris le métro à la station Bastille. Une bonne humeur flottait dans ma tête, je goûtais la joie légère de mon cœur. Je fredonnais. Un petit sac de cuir en bandoulière, j'allais d'un bon pas, esquivant comme en dansant les voyageurs pressés venant en sens inverse.

J'arrivais à un carrefour de couloirs quand, dominant soudain le bruit du trafic, la musique d'un violon a capté mon attention. J'ai marché jusqu'à ce que cette musique s'impose à tous les autres bruits et je l'ai découvert, LUI, souverain, comme s'il se tenait sur une scène. En ce lieu, cet homme de mise modeste mais sans un détail vestimentaire négligé, cet homme aux cheveux grisonnants, cette musique des hauteurs sous son archet : étonnant !

Il ne se tenait pas au carrefour même mais dans un couloir passant comme s'il eut souhaité éviter un attroupement devant lui. J'ai vu, à ses pieds, un étui fermé et surtout un sac de toile raide d'où sortait par l'échancrure la tête d'un jeune chat roux et blanc.

J'ai écouté, regardé intensément cet homme. Les gens passaient et ne prêtaient à l'artiste qu'une vague attention. Certains, parfois, marquaient un temps d'arrêt, peut-être un temps d'écoute, et semblaient chercher des yeux la sébile : il n'y en avait pas.

Si je revois, si je revis bien ces instants, je crois que c'est surtout la maîtrise technique de l'interprète qui m'a surprise et séduite mais après, peu de temps après, c'est son regard qui m'a attachée : ce regard disait une peine de vivre et, en quelques secondes, il a eu pour effet de réduire mon allégresse à néant - cette joie innocente et saine qui, depuis la fin de la répétition avec les copains, avait donné des ailes à mes pieds.

J'étais lourdement émue ; j'ai ressenti en tout mon corps une tension, un malaise. Si je me suis arrachée à la beauté de la musique, je n'ai pas pu empêcher mon cœur de s'ouvrir à cet homme et de s'emplir de lui à mon insu.

- 3 -

À cette époque de ma vie, je voulais ce que mon père voulait - enfin presque.
Il avait négocié avec moi et pour moi une formation longue alliant le droit et la gestion afin que plus tard, diplômée, s'entrebâille la porte d'une entreprise solide sur ses bases financières.
Mon père était patron d'une PMI qui gagnait de l'argent depuis cinq ans ; ses salariés, peu nombreux et impliqués, touchaient chaque année une part raisonnable du bénéfice réalisé.
Il consacrait au moins dix heures par jour à son travail. Parfois, à notre domicile, une femme lui téléphonait. Je ne savais rien d'elle et je ne posais pas de question. Peut-être avais-je un peu la crainte que mon père m'avouât un soir, au coin du feu, que cette femme avait de l'importance pour lui.

J'étais en retard pour le déjeuner mais il ne me l'a pas reproché. À table, nous avons parlé de la cohabitation grinçante entre le gouvernement de droite et le président de la République depuis les dernières élections législatives : ce sujet nous amusait. J'ai annoncé à mon père que le ministre du travail avait élargi la liberté de manœuvre des patrons en matière de licenciement ; tout de suite, il m'a dit qu'il ne mettrait pas à profit cette liberté-là. Et puis, au milieu du repas, il s'est inquiété de ma petite mine.

– Tu vis beaucoup la nuit en ce moment ?
– Oui.
Il savait que je fréquentais le lit de Jean-Louis.
– Et tu as quand même le temps de faire des études sérieuses le jour ?
Après une réponse évasive à cette question, j'ai rapidement enchaîné avec un récit enthousiasme et détaillé du violoniste qui jouait du Mozart dans le métro.
– Je croyais que tu n'aimais que le jazz, la musique moderne !
Cette remarque taquine ne valait pas une explication exhaustive et alambiquée.
– J'aime la musique, papa, toute la musique.
Et sincèrement, j'aimais surtout la grande, l'unique. Mais j'avais caché cela à mon père qui aurait voulu entre nous une entière communauté de goûts. Or, contre lui, un peu d'esprit légèrement frondeur affichait mon identité.

À la fin du repas, il m'a proposé de l'accompagner à une soirée chez des amis.
– Mais peut-être as-tu déjà un engagement ?
J'ai dit : oui.
Il avait l'air déçu.
Alors, j'ai dit : non.
Il a souri, heureux vraiment.
Et ma joie soudainement retrouvée à la lumière de ce sourire, j'ai affirmé à mon père que je serai fière de me pendre à son bras.

- 4 -

Chez les Rocassin, centristes en équilibre fragile entre un bénitier voyant et un coffre-fort solide et discret, mon père a brillé par sa verve subversive et, lancé dans un dialogue vif avec l'un des invités qui voyait dans tous les rouages de la société la présence du lobby juif et la main du diable maçonnique, il a fini par clouer le bec de celui-ci avec des arguments soulignés d'ironie courtoise. J'ai marqué mon admiration à mon père par des petits baisers, ce qui m'a valu cette remarque taquine :

– Tu fais du rattrapage ?

À cette soirée, il y avait aussi Julien Ricard, producteur d'une émission à Radio-France, un ancien flirt qui ne m'avait jamais rencontrée dans un moment de grande faiblesse où j'aurais pu devenir sa maîtresse. Il gardait - je le voyais dans ses yeux, je le percevais dans ses propos à tiroirs et double fond - l'espoir de mon abandon à sa tendresse un jour prochain, bien qu'il sache qu'il serait difficile de m'éloigner des bras de Jean-Louis.

Julien avait la sympathie de mon père. Il aimait en toutes occasions parler musique classique ou baroque avec lui. Ce soir-là, il n'y eut pas d'exception. Moi, je rapportais à Julien ma rencontre avec le violoniste du métro et je réussis à piquer sa curiosité.

- 5 -

Le lendemain, j'ai « séché » les cours de la fac pour me rendre à la station Bastille. Mon homme était déjà là, interprétant un concerto de Mozart. Il jouait si parfaitement et sans tension apparente qu'il semblait planer au-dessus de la musique. Avec elle, s'éloignaient de moi la laideur et la médiocrité. Un Africain et une fille blonde s'étaient attardés à l'écouter. Quelques pièces de monnaie avaient été posées sur l'étui fermé du violon.

À la fin du concerto, le violoniste s'est baissé pour ranger sans hâte son instrument et puis le serrant sous son bras et tenant le sac du chat dans sa main droite, il a quitté la place sans remarquer ma présence.

Je l'ai suivi dans les couloirs, dans l'escalier menant à la sortie. Dans la montée je l'ai rejoint et j'ai osé lui demander :

– Le dernier morceau que vous avez joué, c'était un concerto de Mozart, non ?

Il m'a accordé un bref regard en coin ; il n'a pas daigné me répondre. J'ai insisté tout en remarquant sous son menton les marques faites par le violon :

– Vous savez lire la musique ?...

Et comme il se taisait toujours :

– Oui, excusez-moi, ai-je dit. C'est idiot.

Il a continué de monter lentement l'escalier. Et moi, arrêtée, j'ai posé ma question dans toutes les langues que je pratiquais un peu : en anglais, en espagnol, en italien, en allemand - en élevant de plus en plus la voix car il s'éloignait. Je restais finalement plantée à l'entrée de la bouche de métro et je m'adressais bientôt des reproches : « Tu dérapes, ma fille. Ça va pas, ça. Si c'est un étranger, il t'a peut être pris pour une conne ; si c'est un Français, pour une pute : oh, si c'est un Français, sûrement pour les deux ! »
Je promis de me surveiller.

Après l'échec de ma tentative de dialogue avec le virtuose du métro, je suis allée chez Jean-Louis.
Mon fiancé, comme je l'appelais avec plus d'humour que d'amour, était un saint de patience qui, depuis trois mois, avait une idée fixe derrière la tête : la cohabitation avec moi, perspective qui « n'allumait vraiment pas ma passion ». Jean-Louis savait habilement préserver entre nous une relation chaleureuse et détendue quand il voulait me garder ouverte à ses projets ; il m'avait presque convaincue que prendre place en un logis partagé avec lui ne m'enlèverait pas la propriété de mon temps et la conduite de ma vie.
J'avais tout de même différé mon acceptation : quand l'Autre est là sous le même toit, on n'est plus tout à fait à soi.

Une fois encore Jean-Louis m'a offert la clé de son appartement et cette fois dans un amusant paquet-cadeau : je l'ai tout de même refusée.
Déçu sans doute, peiné peut-être, il a pris son saxo et il a longuement joué pour moi. Le « saxo-câlin » a fini par pousser ma main vers la clé abandonnée sur la table. J'ai contemplé cette clé dans ma paume comme si j'essayais de

mesurer le poids d'engagement qu'elle représentait. Et puis quand le saxo s'est tu, j'ai affirmé à Jean-Louis avec fermeté :

– Je viendrai quand il me plaira, le jour, la nuit. Mais jamais avec une valise. Et souvent je ne resterai pas jusqu'au matin.

- 6 -

Un soir, j'ai été prise de l'envie irrépressible de retourner au métro Bastille.
Et j'ai vu l'homme.
Et je l'ai suivi.
Mais je l'ai vite perdu dans un labyrinthe de rues étroites.

Mon père n'était pas là quand je suis rentrée au nid familial.
Le téléphone a sonné dans le bureau. C'était une femme, toujours la même voix de femme, qui m'a dit qu'il n'y avait pas de message.
Sans cet appel téléphonique, je ne serais sans doute pas venue dans le bureau de mon père, ce lieu où il n'était qu'à lui dans la compagnie des livres.
Trois immenses bibliothèques murales cernent aujourd'hui encore son bureau. Il y avait alors une chaîne et un nombre impressionnant de disques anciens – des enregistrements rares des plus grands maîtres -.

J'ai, sans idée précise en tête, examiné une à une les pochettes et, sur l'une d'elles, une photo a capté mon attention. Portée à la lumière, cette photo m'a révélé le visage d'un virtuose qui présentait une ressemblance assez troublante avec le violoniste du métro.

J'ai téléphoné à Julien qui a d'abord cru à la naissance de ma flamme pour lui. J'ai dû modérer son coup de chaleur en le mettant promptement au fait de mon appel : je lui ai rappelé notre conversation de la veille chez les Roncassin et sollicité son aide pour recueillir des informations sur Laurent Gruber — ainsi se nommait le virtuose sur la pochette.

– Je croyais que tu ne t'intéressais réellement qu'à la musique moderne ?

C'était ce que je lui avais dit une fois pour éviter qu'il trouvât prétexte à m'inviter à des concerts.

– J'ai certes des préférences, ai-je répondu.

Il m'a promis de s'informer.

Je restais longtemps encore parmi les livres de mon père à regarder la photographie de Laurent Gruber ; les traits de son visage s'inscrivaient en moi et je sentais que peu à peu je devenais la proie d'un envoûtement pernicieux et délicieux à la fois et qui commençait à bousculer ma raison.

- 7 -

J'avais accepté de déjeuner avec Julien dans un bistrot proche de la Maison de la Radio. J'espérais des informations sur Gruber mais Julien a prétendu qu'il ne les avait pas encore. J'ai eu droit à une cour pressante que j'ai détournée en improvisant un échange d'impressions avec mon tenace soupirant sur le comportement de l'une de nos amies communes, Irène Martino, partie en Afrique avec « Médecins sans Frontières ». Mais le sujet n'a pas donné un cours plus léger, plus anodin à notre conversation car Julien m'a déclaré avec une sorte d'aigreur :

– Son snobisme, c'est de vouloir se composer de la grandeur d'âme ; avec ses faiblesses de bourgeoise, elle aura du mal.
– Si elle se sent bien ainsi avec elle-même… ai-je répondu.
– Ça va pas durer. L'argent rattrape tout idéal de privation et d'austérité et inexorablement le tue. Elle reviendra bientôt baiser avec nous dans la soie.

Il m'énervait.

– Moi, ça me passionne de savoir pourquoi des gens installés plaquent tout. Il ne faut pas ricaner des actions de ceux qui se dévouent.

Julien s'est moqué de moi, il m'a irritée ; je ne comprenais pas comment un homme comme lui, amateur d'art éclairé, passionné de grande musique, pouvait être aussi parfois « un beauf de merde ». Je lui aurais claqué la gueule. Mais, lâchement, j'ai parlé d'autre chose car je ne voulais pas me fâcher avec lui qui pouvait tout m'apprendre sur Laurent Gruber.

- 8 -

Le carrefour des couloirs était presque désert. Un Africain, la tête enfouie dans ses bras, était assis devant un tapis sur lequel il avait disposé statuettes et bracelets ; à l'endroit où se tenait habituellement le violoniste, il y avait un pauvre qui mendiait.

En sortant du métro, je flottais entre deux sentiments contradictoires : j'éprouvais tout à la fois du soulagement et le regret de ne pas avoir vu Laurent. Et puis, tout en marchant, j'engageais mon imagination dans une voie romanesque : peut être le violoniste était-il un ancien passager de la Gloire qui avait choisi la clandestinité sous la poussée d'un malheur... L'envie parfois nous prend de quitter notre propre mystère pour nous attacher à celui d'un autre, d'abandonner nos interrogations sur nous-mêmes parce qu'elles restent sans réponses et que, partant, nous nous vidons de notre réalité ; alors nous interrogeons la réalité des autres. Cette envie-là me tenait la tête, elle amorçait le sens de ma vie. Mais je n'en étais pas encore à la quête, seulement à une enquête sur un violoniste qui excitait fort ma curiosité, laquelle m'avait toujours tenue - enfin, je le croyais sincèrement - au-dessus d'un niveau moyen de vie spirituelle.

Mes pas m'ont conduite jusqu'à la rue où la veille je l'avais perdu. Je suis passée devant une petite épicerie, puis devant un bar sombre et peu engageant. Deux clients trinquaient au comptoir ; derrière le tiroir-caisse, une femme ronde et bien coiffée lisait un magazine. Assis seul à une table, dans l'ombre un rien bleutée, il y avait quelqu'un qui ressemblait à mon homme… J'ai tendu le cou pour mieux le voir : c'était bien lui, les yeux dans le vague, un verre d'alcool à la main.

Comme s'il avait senti que je l'observais, il s'est tourné soudain vers moi et j'ai reçu dans mes yeux toute sa détresse qu'immédiatement j'ai fuie, chamboulée, effrayée. Plus loin, assise sur un banc, j'ai vidé ma tête : «T'es dingue, Marie, c'est pas sain, ce type. Tu t'en fous, tu laisses tomber. Les chiens perdus font chier ».

Quand papa est arrivé, j'écoutais le disque de Laurent Gruber.

De me voir là, dans un fauteuil, dans son bureau, à l'écoute de la grande musique, la belle, l'unique, papa a eu l'air surpris, finalement ravi.

– Pourquoi cet enregistrement de Laurent Gruber, ma chérie ?
– Pourquoi pas celui-là !

Mon père s'est servi un verre.

– Tu avais dix ans la première fois que tu m'as accompagné à un concert, salle Pleyel. Et c'était Laurent Gruber qui jouait.

Je crois bien que j'ai rougi, troublée.

Et puis :

– Tiens, a dit papa, l'air de rien, il y a une lettre de la Radio pour toi.

C'était une lettre de Julien. L'enveloppe était épaisse.

– Tu ne l'ouvres pas ?

– Plus tard.
Mon père a dû me trouver bizarre.

Nous sommes restés un long moment dans le bureau. Nous avons dans la pénombre parlé du sens de la vie. La fenêtre était ouverte sur le ciel étoilé. Papa, comme au temps de mon enfance, a retrouvé ce don qu'il avait d'accorder mon esprit parfois griffé par les prédateurs de la vie au silence doux et magique de la nuit. J'étais bien. Alanguie.
Après, nous avons grignoté dans la cuisine et le charme qui s'était installé entre nous s'est brisé quand mon père s'est mis à parler de mes études de droit et à me rappeler sa volonté de loger mon existence dans un bien être matériel sûr.

Dans la salle de bain, j'ai ouvert l'enveloppe de Julien. Elle était bourrée de photocopies d'articles de journaux. Des articles sans photos. Et qui relataient l'entrée dans l'ombre, dans l'anonymat de Laurent Gruber. L'un deux précisait que le maître avait disparu. La raison en était probablement le drame qu'il venait de vivre : la mort de sa fille - un accident s'accordaient à affirmer les journaux.

J'ai lu et relu les articles. Je me sentais à la fois nerveuse et lasse. J'ai pris un bain et je me souviens avoir répété plusieurs fois, avec de moins en moins de conviction en entrant dans la baignoire : « Je m'en fous ! »

Après le bain, j'ai appelé un taxi. Il était près de minuit quand je suis arrivée chez Jean-Louis. Il ne dormait pas. Il m'a ouvert son lit sans me poser de question. J'ai essayé dans la chaleur de ses bras d'alléger ma pensée et de donner à mon corps toute la place.

- 9 -

Pour gagner sa vie et exprimer son originalité, Jean-Louis ne jouait pas seulement du saxo ; il tenait aussi un guignol pour les petits et les grands, écrivait des pièces pour marionnettes et il effectuait des tournées en solitaire dans la France entière. Il aurait bien aimé que je l'accompagne mais la préparation de ma maîtrise ne m'en laissait pas le loisir.
Ce matin-là, il m'a annoncé qu'il allait partir le lendemain pour une tournée de quinze jours. Ma première réaction à cette nouvelle a été celle d'un abandon fugitif à la tristesse ; et puis, très vite - trop vite : je m'en suis fait le reproche - j'ai pensé qu'une absence de quinze jours de Jean-Louis, c'était quinze jours que j'allais pouvoir consacrer à l'Autre ; je n'ai eu aucune réflexion de distance par rapport à cette pensée romanesque et un brin ridicule.

- 10 -

Présentant les signes extérieurs d'une femme mystérieuse qui fait naître des questions sur son passage (lunettes noires, foulard enserrant les cheveux, col du manteau de pluie relevé jusqu'au menton), j'ai filé celui qui était pour moi Laurent Gruber jusqu'au Père Lachaise. Et c'est là qu'un premier voile de son mystère est tombé.
En entrant dans le cimetière, malgré la rumeur des voitures, j'ai entendu la musique d'un violon. Celle-ci de plus en plus présente m'a guidée vers la tombe devant laquelle se tenait Gruber. Je l'ai observé, dissimulée. Quand il a cessé de jouer, il s'est recueilli quelques instants puis il est parti et je l'ai vu échanger quelques mots avec un gardien avant de quitter le cimetière.

Je me suis approchée de la tombe et j'ai lu sur une plaque : « MARIE, ELSA CHRISTA GRUBER 1965-1984 ». Le violoniste du métro était bien Laurent Gruber, père d'une fille qui s'appelait comme moi.
J'étais émue. Et j'ai voulu en savoir plus sur cet homme qui m'avait prise au piège de sa musique, mais pas seulement à ce piège-là.

Quand Laurent Gruber est sorti de la bouche du métro, j'étais bien décidée à le harponner. Je voulais qu'il me parle, qu'il se livre, qu'il se rende enfin.
Je me suis plantée devant lui et, sans préambule :

– Le morceau de Bach, au cimetière, pas facile à jouer pour un amateur !

Il me fixait durement, hostile. Le chat a passé sa tête par l'ouverture du sac. Je me suis exclamée avec un faux entrain :

– Oh, il est mignon, ce chat ! c'est un chat ou une chatte ?

J'ai baissé les yeux sous le regard de Laurent.

– Tout de même, vous êtes spécial, vous. Des gens, même des primaires, on leur parle de leur enfant, de leur animal, tout de suite leur visage s'éclaire… Vous, pour vous décrisper !...

Alors, il m'a dit sèchement :

– Ça rime à rien de me coller comme ça !

– JE SAIS. JE SUIS UN PEU PUTE !

Il a posé son étui et son sac sur le trottoir, a fouillé dans ses poches sans me regarder, sorti un paquet de cigarettes… vide. Je lui ai présenté mon paquet. Il en a pris une, l'a allumée avec son briquet, ignorant le mien tendu.

Et puis il est allé s'installer dans un bar.

Et moi, pareillement, à une table voisine de la sienne.

Il a commandé un crème et des croissants à une serveuse à qui j'ai demandé de doubler la commande car j'avais faim moi aussi. J'ai ajouté que je prenais l'ensemble à mon compte. Gruber n'a pas réagi mais il a laissé tomber son regard lourd dans le mien, m'obligeant à soutenir ce regard jusqu'à ce que je ressente un malaise.

La serveuse m'a libérée de ce regard en apportant les crèmes et les croissants.

Dès cet instant, je ne semblais plus être là pour Laurent.

Il s'est mis à « bouffer », la tête basse, à composer un personnage vulgaire. Ventre à table, en quelques secondes, il a englouti tous les croissants. Je n'avais jamais vu pareille boulimie et muflerie exprimée si ostensiblement à mon endroit.

La dernière goutte de café-crème bue, il en a commandé un autre et, pendant l'attente de la commande, il m'a de nouveau regardée. Et de nouveau, je me suis sentie très mal. Alors je me suis levée, j'ai fui vers le comptoir ; j'ai réglé la note en m'attardant à chercher de la monnaie. Quand je me suis retournée du côté de Gruber, il avait disparu. Vrai : un surcroît - un sommet - de muflerie qui m'a laissée anéantie un long moment. Mais une fois dans la rue où les bruits se faisaient plus mordants, j'ai retrouvé mon énergie. Et le sourire. Et la force du recul : la force de rire. Laurent Gruber n'avait pas agi selon mon cœur ; sa comédie voulait à l'évidence me décourager dans ma tentative d'approche de sa personne, de sa vie. Et je me suis fait la promesse de ne pas le lâcher.

- 11 -

Pour me retrouver un peu, pendant trois jours j'ai fréquenté régulièrement la Fac.
En fin d'après-midi pluvieux du troisième jour, attendant le bus sous un abri, j'ai remarqué une grande affiche sur une colonne Morris, qui annonçait le concert unique d'un violoniste virtuose à la salle Pleyel : Vittorio Scalone.
J'ai aimé l'exotisme de ce nom. Il ouvrait mon imaginaire. Scalone avait une excellente réputation mais jamais encore je ne l'avais applaudi sur une scène.
Et voilà qu'en moi « la folle du logis » se mit à me souffler que Vittorio était le frère de Laurent mais qu'il n'y avait de place sous les feux de la rampe que pour un seul, même si tous deux avaient reçu le don de Dieu à parts égales. Je me racontais que Laurent était le Vittorio de l'ombre et je me plaisais à imaginer que je devais pousser Laurent sur la scène pour en chasser l'autre affiché sur la colonne et reconnu par les médias. Et il y avait plusieurs suites à mon histoire…

Je décidai de prendre deux billets pour Pleyel. Un pour moi et un… pour Laurent.
Car mon virtuose-vagabond venait de reprendre ma pensée tout entière.

- 12 -

Je me souviens…
Laurent Gruber marche d'un pas pressé et je m'efforce de ne pas me laisser distancer. Il y a foule mais Laurent a une telle singularité d'allure que je l'isole facilement parmi les autres. Des corps affluant sans cesse devant moi forment parfois des bouchons qui m'obligent à ralentir…

Soudain, j'ai pris le parti de le rattraper.
Nous avons marché côte à côte dans une rue étroite.
Il méprisait ma présence ; j'étais « nouée » par son visage fermé. Et soudain j'ai éclaté :

– Eh, vous, quoi, merde, regardez-moi ! J'existe, quoi ! J'existe !

La violence de ma voix l'a surpris. Il s'est arrêté, a tourné la tête vers moi. J'ai répété, plus bas :

– J'existe.

Mais je n'ai pas osé lui dire que je m'appelais Marie.

Son attitude flottante n'a pas duré. Il a détourné les yeux, tourné les talons et je n'ai pas pu le suivre sans courir parfois. Comme je ne lâchais pas, il a proféré :

– Vous êtes folle !
– C'est pour ça que vous me fuyez ?
– C'est pour ça que vous me suivez : vous êtes folle.
– Je vous suis, moi ? ai-je répliqué en me forçant à rire.

Il n'a pas répondu.

– C'est vrai, je vous suis.

Et j'ai ajouté, un temps après :

– Je vous trouve un charme exotique irrésistible.

J'ai pu me rendre compte que mon humour un peu appliqué n'avait aucun effet sur lui. Mais il a tout de même ralenti son pas.

Alors je l'ai suivi en me tenant à sa hauteur et il n'a plus tenté de me fuir.

On a marché longtemps dans les rues.

On a fini par marcher au même rythme, comme un homme et une femme qui deviendraient peu à peu un couple par leurs pas accordés. Un couple marchant normalement, naturellement dans la rue.

Quand plus tard, en un geste doux, je lui ai pris le bras, il n'a marqué ni surprise ni agacement. Il n'a pas refusé ma main à son bras comme si elle était là tout à fait normalement, naturellement. Et nous avons marché ainsi, en silence et en harmonie.

Nous avons marché au hasard des rues désertes qui retrouvaient la paix de la nuit.

Je ne me souviens plus qui de lui ou de moi a proposé de prendre un verre. Moi, probablement… je ne saurais jamais pourquoi il a accepté.

Nous avons échoué dans son bar habituel. Il y avait un jeune homme qui écoutait un blues et un couple qui, visiblement, se bricolait un amour clandestin en s'embrassant à s'user les lèvres.

Boire un verre, ça va. Mais plusieurs, c'était folie. J'ai bu alors que je ne supporte pas l'alcool. J'ai bu par la faute de Laurent : ses yeux n'étaient plus du tout hostiles mais je ne pouvais pas supporter son silence. Alors un verre, deux, trois et voilà que ma tête s'amollit, que mon esprit libère des paroles qui divaguent dans ma voix…

– Vous avoir là, en face de moi, c'est… c'est plus agréable que de vous cavaler après… Oui, oui, je sais : je vous ai suivi et ce n'est pas joli-joli… Une jeune femme qui suit un homme qui n'est pas son père ou son mari… La honte !... Mais j'avais envie… Envie de petite fille qui court derrière son papa qui s'en va sans elle vers je ne sais qui, vers je ne sais quel mystère… La petite fille qui est en moi veut tout savoir du mystère de l'homme qu'elle suit. C'est bien moi que vous regardez, oui ?... Vous me trouvez réussie ?… On m'a souvent dit que j'étais belle… Les mâles désirs se lèvent sur mon passage… Je mets une petite douleur au ventre des hommes… Oui, ce que je vous raconte ne vous fait ni chaud ni froid… Va falloir au moins dix whiskies pour vous décongeler… Mais ça vient, je sens que ça vient… Allez, allez, monsieur, on avance… On ne sait pas où on va mais on avance. Mais si ! MAIS OUI ! Je connais enfin le son de votre voix… J'ai touché votre bras et vous n'avez pas crié… J'ai enfin votre regard… C'est bien moi que vous regardez, Monsieur Gruber ?... Ah ! Ah, comment elle a su, cette punaise ? Comment elle a su ? Eh bien, je ne le vous dirai pas. Sauf… sauf si vous me posez des questions. Si vous me parlez. C'est ça que je veux : QUE VOUS ME PARLIEZ… ET QUE VOUS ME REGARDIEZ, MOI. MOI ET PAS UNE AUTRE QUI EST DANS VOTRE TÊTE… J'ai le temps… On boit, on se regarde… Et vous allez me dire des choses, des choses de vous… Santé !

Nos regards se prennent dans le silence, un long moment.

– Vous êtes journaliste ?

Je n'attendais pas cette question. Il n'attend pas ma réponse.

– Je n'ai rien à vous dire. J'ai tiré un trait sur le passé.
– Qui vous colle à la peau.
– Que cherchez-vous au juste ? votre comportement est ridicule. De quel droit me dérangez-vous ?
– Parce que vous êtes un grand musicien, maître Gruber. Un immense violoniste. Vos enregistrements de Bach, Beethoven, Mozart, Brahms sont des références inégalées selon certains critiques.
– La musique n'est plus ma vie !

Il s'est levé. Je l'ai retenu par la main.

– S'il vous plaît, ne me laissez pas là. Ne me laissez pas tomber. Ne me laissez pas tomber.

De l'alcool jusqu'aux yeux, j'avais complètement perdu la maîtrise de la situation. J'étais paf. M'a-t-il pris en pitié ? Sans douceur, il m'a soutenue et entraînée jusque chez lui. Il a dû me mettre en appui contre le mur pour ouvrir sa porte.

La lumière a jailli. Nous sommes entrés dans une chambre au décor dépouillé. Contigu, il y avait un cabinet de toilette.
Je m'accrochais à Laurent. Je répétais :

– Je suis paf !... Pouf, ça tourne !

Et lui, excédé :

– Lâchez-moi, quoi, lâchez-moi !

Avec brusquerie, il m'a repoussée : je me suis affalée sur le lit ; je crois qu'il m'a dit :

– Tenez-vous ! Écoutez, tenez-vous, je vais chercher un taxi.

Penché sur moi, il m'a secoué aux épaules. En vain. J'étais assommée par l'alcool. J'ai tout de même entrevu Laurent passant dans le cabinet de toilette ; j'ai entendu l'eau couler et puis j'ai sombré.

Quand, deux ou trois heures après, j'ai émergé, il y avait une tache de lumière sur les rideaux de la fenêtre mais le jour n'avait pas encore effacé la nuit. Ma remontée vers la lucidité s'est effectuée lentement. Entrouvrant les yeux, j'ai aperçu Laurent assoupi dans le fauteuil. J'avais une tête de plomb et l'estomac comme empli d'un acide douloureux. J'ai écarté soudain la couverture, je me suis ruée dans le cabinet de toilette et j'ai vomi en deux fois dans le lavabo.

La lumière allumée de la chambre a projeté un pan lumineux dans le cabinet et découpé un triangle blanc sur la glace au-dessus du lavabo. Dans cette glace, j'ai essayé de me reconnaître. Un néon a éclaboussé de sa lumière crue mon visage fatigué, aux traits flous. Laurent Gruber, dans le cadre de la porte m'observait sans aménité.

– Oh, là, là, ma tête ! vous n'avez pas d'aspirine ?

Il ne m'a pas répondu mais il s'est écarté pour me laisser revenir dans la chambre. Je me suis assise au bord du lit, j'ai massé mon front avec mes doigts. Gruber, pendant ce temps là, me fixait, muet. J'ai dit :

– Excusez-moi.

Sans élever la voix il m'a priée de rentrer chez moi.

Son attitude distante m'a de nouveau exaspérée. J'ai pris mon manteau et, plantée sous son nez, je l'ai provoqué :

– J’étais là sur votre lit, « schlass », et les jambes écartées : quelle aubaine pour un vieux cochon !

Il est resté impassible. Mon arrogance artificielle a fait place à une honte vive qui m’a brûlé la peau.

Je suis sortie. Et je suis presqu’aussitôt revenue frapper à la porte de Laurent parce que j’avais oublié mon sac ; il me l’a remis par la porte entrebâillée et j’ai eu juste le temps de lui dire :

– J’ai pris deux places pour Pleyel, pour nous deux. C’est mercredi prochain.

La porte s’est refermée sans heurt. J’ai ajouté à voix forte :

– C’est à 20 heures trente. Je vous attendrai dans le hall.

- 13 -

Les mains de mon père avaient le don. En effleurant mon front et mes tempes et ma nuque, elles allégeaient ma tête. Ce matin-là, j'ai prolongé le plaisir qu'elles me donnaient et je les ai baisées avec gratitude.
Mon père ne m'a posé aucune question sur ma nuit. Mais comme avant de partir à son travail, il m'a signalé que Jean-Louis, la veille, avait appelé trois fois, j'ai plongé dans le premier mensonge que mon esprit m'a livré :

– Nous avons fêté et trop bien arrosé l'anniversaire d'une amie de faculté. Le champagne était de première… Le whisky… Je ne me suis pas méfiée…
– Tu diras tout cela à Jean-Louis, m'a répliqué mon père. Moi, je suis tout de même rassuré de savoir que tu continues à fréquenter la fac puisque tu y as des amis.

J'ai évidemment senti que papa était déçu par mon comportement mais je n'ai pas tenté de le justifier.

Mon père parti à son travail, au lieu d'appeler tout de suite Jean-Louis, j'ai mis le disque de Laurent sur la platine et je suis allée prendre un bain.

- 14 -

J'étais dans le hall de Pleyel une demi-heure avant le début du concert de Vittorio Scalone. Pour me libérer un peu de la tension de l'attente de Laurent, j'ai essayé de m'intéresser aux affiches, d'observer la mine et la mise des gens du public qui affluaient.

Et puis, au bout d'un quart d'heure, l'inquiétude m'a poussée dans la rue. Une émotion violente m'a secouée quand j'ai aperçu Laurent de l'autre côté de la rue, attablé derrière la vitre d'une brasserie.
Dans ma tête à ces instants, tout se bouscule alors :
« Il est donc là ! Donc, il veut bien. Mais que veut-il ? Pourquoi ne vient-il pas vers moi ? Il m'a vue. Je suis sûre qu'il m'a vue :
– Viens, Laurent, Venez, Monsieur Gruber, je vous en prie.
Oui, il me regarde. Mais il ne bouge pas. Il faut que j'aille le chercher. Je vais lui prendre la main. J'y vais.

J'entre dans la brasserie. Il me regarde venir vers lui. Mais quand je suis toute proche, il porte ses yeux ailleurs. Entend-il seulement ce que je ne peux que lui murmurer :
– Venez, je vous en supplie.
Alors, il a allumé une cigarette, ignorant ostensiblement ma présence. J'ai, machinalement, tiré de mon sac les billets et j'en ai déposé un sur la table à côté du verre vide.

Et puis, en plein désarroi, humiliée par l'attitude de Laurent une fois de plus, je me suis échappée de la brasserie ; j'ai gravi l'escalier central de Pleyel en toute hâte et, le cœur fou, j'ai cherché le refuge de mon siège sous l'œil ahuri d'une ouvreuse.
J'ai longuement fermé les yeux, jusqu'aux premiers accords de l'orchestre. Et dans la salle j'ai aperçu alors mon père prenant sa place dans les premiers rangs. Une femme – belle silhouette et cheveux blonds en chignon – l'accompagnait. Sans doute était-ce la femme au bout du fil qui ne me confiait jamais de message pour ne pas me donner son nom.

Après ce court moment de diversion, le concert a commencé et Scalone a joué un des célèbres concerti du répertoire romantique. Il a montré tout de suite sa virtuosité, le charme extraordinaire de son jeu ; mais un jeu qui n'avait pas pour moi l'ampleur du jeu de Laurent. Et puis pour être tout de même juste à l'endroit de Scalone, j'avoue que s'il n'a pas alors capté complètement ma sensibilité, c'était parce que j'étais tendue dans l'attente de Laurent. Malgré son attitude dans la brasserie, j'espérais sa venue. Je voulais qu'une onde magique s'envolât de mon âme à la rencontre de la sienne et l'appelle en douceur à venir s'asseoir près de moi. Concentrée fortement sur cette pensée, j'ai peu à peu substitué à l'image réelle de Vittorio Scalone celle, imaginaire mais très présente en mes yeux, de Laurent Gruber sur cette même scène de Pleyel et qui, par son génie et son regard un instant posé sur elle, foudroyait une petite fille de dix ans ; une petite fille qui vivait, émerveillée, fascinée, son premier concert et ouvrait spontanément et largement son cœur à un autre homme que son papa qui l'accompagnait.

À cette image du passé retrouvé, des larmes ont brouillé mes yeux ; la gorge serrée, j'ai quitté mon siège et je suis sortie.

Laurent n'était plus derrière la vitre de la brasserie. M'approchant tout contre elle, j'ai vu que le garçon n'avait pas encore débarrassé la table sur laquelle, près du verre vide, il y avait toujours le billet du concert.

- 15 -

Le lendemain, je l'ai cherché partout. J'étais désemparée. J'étais là, dans le métro, dans les rues, dans ses pas... Au métro Bastille, à la place où j'avais rencontré Laurent la première fois, se tenait un saxophoniste – je ne crois pas l'avoir associé, même furtivement en pensée, à Jean-Louis.
L'idée d'aller chez Laurent ou jusqu'à ce bar où je m'étais saoulée en sa présence quelques jours avant, cette idée-là ne m'est venue à l'esprit qu'au bout d'une errance de je ne sais combien d'heures : et j'ai trouvé porte close ici et je n'ai recueilli aucune information là.

Je me suis traînée jusqu'à une petite place voisine et, assise sur un banc, j'ai eu une nouvelle attaque de tristesse. Toute la soirée, j'en ai porté le poids. Quand je suis rentrée chez mon père, il tenait messe basse au téléphone et il s'est contenté du baiser que je lui ai envoyé du bout des doigts. Je me suis réfugiée dans ma chambre où j'ai connu peu à peu l'apaisement des larmes sans être dérangée.

Le surlendemain, dans la matinée, j'ai repris mon errance.
Mêmes lieux.
Mêmes questions.
Mêmes réponses.
Même ignorance.
Espoir fou le matin, peine infinie le soir.

À midi, j'ai accepté, malgré mon humeur sombre, de déjeuner avec Jean-Louis de retour de sa tournée de marionnettes.
L'orchestre – son orchestre – avait un engagement pour l'été dans une boite et ça l'excitait au point qu'il n'a pas vu tout de suite ma mine malade de la disparition de Laurent. C'est quand je lui ai sèchement affirmé que cet engagement qu'il avait pris, je ne pourrai pas, en ce qui me concernait, le tenir que son regard s'est fait interrogation, pénétrant… inquisiteur.
Et comme j'étais lèvres muettes ou presque à ses questions, sa colère a fini par éclater.
Quoi, j'avais quelqu'un, c'était ça ? – « Non ».
Quoi, il m'avait blessée en paroles ? – « Non ».
Quoi, je savais bien que l'orchestre, tout ce qu'il faisait, c'était pour moi ? – « Oui ».
Quoi, alors je ne pouvais pas faire ça ! – « Si » !
Sur un ton plus calme, il m'a concédé :
J'aurais dû t'en parler avant de nous engager.
– C'est pas ça, j'ai dit.
– Quoi, c'est quoi ?
– C'est rien.

Il m'a dit que je le traitais mal : c'était mon avis.
Que j'étais cruelle : c'était mon sentiment.
Il m'a prié de lui dire franchement pourquoi ÇA ?
J'ai dit : « Plus tard, tu sauras. »
Peut-être dans ce « plus tard » a-t-il entendu : « plus jamais ».
Et, comme j'étais murée, qu'il ne décelait pas une brèche en moi, il a jeté soudain sa serviette sur la table ; il s'est levé, il est parti, il a oublié de payer.
Moi aussi.
Mais le garçon m'a rattrapée.

- 16 -

J'étais à peine coiffée, maquillée. Pourtant, dans le métro, les hommes m'ont regardée. Sans doute mon regard avait-il de l'éclat grâce à cette idée éclose en mon esprit au bout de deux éprouvantes nuits d'insomnie : revenir au cimetière du Père Lachaise ; je portais l'espoir d'y retrouver la trace de Laurent.

La porte de la maison du gardien était entrebâillée. Je l'ai poussée légèrement et j'ai vu l'hôte du lieu, dos tourné, planté devant une chaîne stéréophonique, s'abandonnant à son rêve secret : il dirigeait un orchestre symphonique imaginaire avec une telle concentration qu'il n'a perçu aucun bruit de mon entrée. Alors pour qu'il n'ignorât plus ma présence, je l'ai contourné et je me suis assise sur une chaise devant lui. Son premier geste de retour à la réalité a été, sous le coup de la surprise, d'arrêter le disque.

Je me suis empressée de lui dire :

– Vous pouviez le laisser. C'est très beau… Et j'ai tout mon temps.

Lui, visiblement, il n'en avait pas pour moi.

– Qu'est ce que vous faites ici ?
– Je cherche Laurent Gruber.
– Vous êtes journaliste ? Une parente ?

J'ai mis du miel dans ma voix.

– Vous… Vous êtes son ami et…

Il a gardé le silence ; la moitié de son visage était à contre-jour.

– Vous êtes son ami, le seul aujourd'hui sans doute, alors, s'il vous plaît, parlez-moi de lui.
– Si vous n'êtes pas journaliste, si vous n'êtes pas une parente…
– Je suis ici parce que je l'admire beaucoup.

Une fois encore, il a laissé mon propos sans écho. Je me suis levée, j'ai insisté :

– Parlez-moi de lui, soyez gentil. Je ne suis pas journaliste.

Alors, il a remis le disque en me disant :

– LUI parle de lui. Écoutez-le.

J'ai obéi. La qualité du disque, de la chaîne étaient excellentes. C'était beau. Le vieux gardien et moi, nous étions comme à un service religieux, recueillis, muets d'admiration.

Pourtant, il n'a pas attendu la fin du morceau pour me confier à voix presque chuchotante :

– Je ne puis prétendre être son ami ; mais avant de rencontrer maître Gruber, je ne savais rien de la grande musique. Il s'est attardé, un jour, à me parler… J'écoutais, émerveillé, avec parfois le sentiment de l'écouter sans être à la hauteur de sa parole… Parfois, il est venu s'asseoir sur cette chaise. Je suis entré dans un autre monde… Un monde des morts qui serait celui d'une autre vie où rien n'est mauvais parce que la musique y règne sur tout…

La fin du disque a été suivie de notre long silence.

Comme soudain ouvert à ma curiosité, peut-être parce que pendant le temps de la musique, il avait senti que j'étais proche de sa joie intérieure, il m'a convié à le suivre jusqu'à la tombe de « MARIE ELSA CHRISTA GRUBER ». Et comme pour me remercier, il m'a donné un peu de sa confiance :

– Presque chaque jour, depuis des mois, il est venu la voir… Maître Gruber m'a chargé de veiller sur elle…

Au fil de ses confidences mesurées, ponctuées de pauses méditatives, j'ai appris que Laurent était parti pour la Corrèze…

Dans un village du nom de Puyjoli... Il y avait là-bas une grande maison, celle de l'enfance de Marie.

– Ça fait longtemps qu'il n'est pas retourné là-bas, il m'a dit.

- 17 -

Le lendemain soir, je suis partie. Sans prévenir personne. D'ailleurs, je n'avais vu aucun de mes proches depuis deux jours.

La petite gare de Puyjoli était plantée sur une ligne secondaire qui a probablement disparue depuis. Je suis arrivée très tôt, le matin. Un couple est descendu, la femme avec un bébé dans les bras... Une dame âgée les suivait. J'étais au cœur d'une campagne profonde. Cette fois, j'avais vraiment jeté toute raison, toute logique par-dessus bord. Je n'étais plus Marie à l'humeur folâtre et à l'humour moqueur, je prenais mon cœur au sérieux. Je me sentais lavée de la ville – poésie, si vous voulez. Et souriez, je vous le permets : j'avais une âme, je portais mes pas vers un « ailleurs ».

Les lumières de « l'HÔTEL DE LA GARE » étaient allumées. C'était un hôtel-restaurant. Pas un client n'était encore levé mais le patron s'agitait déjà beaucoup.
J'ai commandé un bol de café et des tartines beurrées.

Le pain était frais, le beurre agréablement salé. Le chien de l'hôtelier, assis sur son train, me regardait manger. À ma grande surprise, c'était moi qui l'intéressais et pas le morceau de pain que je lui ai tendu et qu'il a négligé. Il me regardait, moi.

– C'est pas le pain qui l'intéresse, Mademoiselle, m'a dit l'hôtelier.
– C'est quoi, alors ?
– C'est l'affection.
– C'est votre chien ?
– Non, celui de la patronne. Elle l'a pris quand notre dernier est parti faire son service militaire. C'est un chien gourmand de caresses et ma femme a des oublis.

Je lui ai donné une ou deux caresses par politesse. Et puis a surgi dans la salle un garçon d'une dizaine d'années, à moitié vêtu, un polaroid braqué sur nous. Et clac ! Il nous a pris en photo, le chien et moi.
– C'est mon petit-fils, a dit l'hôtelier. Ça fait trois jours qu'il s'énerve sur un polaroid qu'il a gagné à la kermesse.
Le gamin ne m'a pas montré la photo éjectée de l'appareil et il a disparu très vite comme s'il avait accompli quelque larcin.

- 18 -

C'était ce que l'on appelle une maison bourgeoise avec un grand parc autour entouré de hauts murs. La grille n'était pas fermée. Je l'ai poussée sans effort.
Le soleil brillait et la journée s'annonçait chaude… J'ai pris l'allée bordée d'arbres probablement centenaires qui menait à la maison. En poussant la grille, j'étais calme. Mais, proche du perron de l'entrée, j'ai ressenti soudain une inquiétude : personne ne savait que j'étais là et cet homme de peu de mots, vers lequel j'allais, était peut-être devenu un sauvage aux lourdes pensées pouvant exploser. Pour la première fois, à l'instant où j'observais la façade, à l' instant où j'ai cru voir Laurent qui m'épiait d'une fenêtre du deuxième étage, le mot de folie a pris possession de mon esprit.
J'ai hésité à pousser la porte entrebâillée… Mais, bon, en prenant une forte inspiration, je l'ai poussée…

J'ai pris le temps de détailler le décor du salon : une grande cheminée – deux chenets de fonte dedans – une table de bois au plateau massif, des fauteuils Louis XIII en bon état, des armes – épées, sabres – accrochées au mur. Il n'y avait pas trop de poussière sur les meubles mais quelques toiles d'araignées dans les angles du plafond.

Au fond du salon, un imposant escalier de bois menait aux étages. Je l'ai monté sans hâte, tendue, dans un silence pesant. Et soudain – je n'étais pas encore en haut de l'escalier – j'ai

entendu Lourent jouer. Et la musique pure du violon m'a permis de me détendre un peu. Mais cette musique s'est éloignée. La source de cette musique ne semblait plus être à l'étage mais plus haut, tout en haut d'un escalier plus étroit qui prenait pied au bout d'un couloir sombre.
Je me suis engagée dans ce couloir, j'ai pris l'escalier qui se terminait par une porte ouvrant sur une grande pièce mansardée. Le lit était défait ; attenant à la chambre, il y avait un cabinet de toilette. Mais personne dans l'une et l'autre.
Je suis redescendue au premier étage et cette fois en n'oubliant pas d'allumer la lumière dans le couloir central.
J'ai appelé :
– Monsieur Gruber ?
Je n'ai pas eu de réponse.

Alors je me suis mise à ouvrir toutes les portes, à visiter toutes les pièces. Aucune porte n'était fermée. Toutes les pièces étaient meublées et les meubles sous des housses poussiéreuses. Soudain, d'une fenêtre du premier, je l'ai aperçu : il était dans le parc, tournant le dos à la maison, proche d'un bassin plein d'eau de pluie… Il fumait.

J'ai descendu les marches deux à deux pour le rejoindre.

Je me suis arrêtée à quatre ou cinq pas de LUI qui s'est lentement tourné vers moi. J'ai vu que le soleil ne pouvait effacer l'infinie tristesse de son regard.
D'un ton presque amer, il m'a demandé :
– Comment avez-vous pu savoir où j'étais ?
Il n'a pas attendu ma réponse pour ajouter :
– Je veux être seul… Il faut vous en aller.
– Pas tout de suite, j'ai dit. Plus tard, je vous promets. Après…

– Après quoi ?
– Je veux dire... quand vous n'aurez plus besoin de moi.
– C'est une idée stupide. Sortez-la de votre tête.

Il a fait quelques pas dans l'allée menant à la grille d'entrée. Je l'ai suivi. Puis il s'est arrêté bien avant le portail et s'est retourné :

– Je ne comprends pas ce que vous voulez.
– Il fallait que je vienne… C'est comme ça. Je voudrais…

Il a pris le ton qui lui était le plus antinaturel, celui de la dérision :

– Vous voudriez faire mon bonheur.
– Vous avez déjà celui de la musique. Enfin, je voudrais vous ramener à ce seul bonheur-là.

Il a haussé les épaules, a repris sa marche vers la grille d'entrée mais, cette fois, je ne l'ai pas suivi. Alors, c'est lui qui est revenu vers moi.

– Tout ça, c'est grotesque : votre mission est… ridicule… Vous êtes ridicule !
– Je sais.
– Tout ce chemin pour ça, c'est pour rien !
– Je ne le crois pas.
– Fichez-moi la paix, mademoiselle.
– Je m'appelle Marie.

Il a voulu briser là ; il a marché vers le perron. Je lui ai crié :

– Vous ne pouvez pas continuer à vivre comme un mort !
– Vous avez vu un mort vivre, vous ?
– Oui, VOUS !

Après un court temps de réflexion, il m'a dit sans conviction :

– Vous êtes dérangée.

– S'il vous plaît, gardez-moi un peu, un tout petit peu.

Des mots lâchés très vite et qui ne l'atteignaient pas. Et comme il gravissait les marches du perron, j'ai dit n'importe quoi :

– Vous avez abandonné votre chatte ?

Alors, là : tilt ! Arrêt. Surprise.

– Non, pourquoi ?

Je lui ai montré mon sac de toile dans lequel j'avais mis mon linge intime.

– J'ai apporté quelque chose pour elle… Une souris.

– C'est ici ce qui lui manque le moins.

Alors, et c'était inattendu pour moi, il s'est assis sur une marche du perron. Et il m'a regardée, perplexe.

– Franchement, pourquoi êtes-vous venue ?

J'ai pris le temps de m'asseoir presque à côté de lui avant de répondre :

– Pour... qu'on prenne le temps de se parler.

– Vous aimez la musique, alors je vais jouer pour vous. Mais après, vous partirez : je n'ai rien à vous dire, je n'ai aucun désir de nouer une relation avec vous.

- 19 -

Laurent a joué plus d'une heure pour moi seule. Sans me regarder. Mais par la musique il semblait vouloir me communiquer ses émotions, les pulsions qui l'agitaient, contradictoires et violentes. J'étais bouleversée, au bord des larmes, comme si je sentais que le violon retenait en lui une âme captive, l'âme de Marie, sa fille.

Le corps abandonné dans un fauteuil, sous la lumière vive du jour, j'avais chaud. Mais je voulais plus de chaleur encore : celle des bras de Laurent. Je ne bougeais pas, j'avais conscience que tout mouvement vers lui le pousserait à s'éloigner de moi.

Quand il a cessé de jouer, ses yeux se sont attachés à moi. En eux j'ai cru voir de la bonté. Ses yeux m'appelaient – je l'ai cru. Alors, ma nature impatiente m'a trahie : j'ai bougé et il a aussitôt disparu, me laissant seule toute la journée.
En vain je l'ai cherché dans toute la maison, dans les allées du parc. Sans doute était-il enfermé dans une chambre-grenier, au dernier étage. Il n'a pas répondu à mes appels.

Le soir, il y a eu un gros orage. J'étais au salon. La foudre est tombée dans la cheminée où Laurent avait entassé des petites bûches, des brindilles, des papiers. Le conduit n'ayant pas été ramoné probablement depuis des années, un nuage de fumée a envahi le salon.

Le choc de la foudre m'a effrayée et j'ai appelé Laurent. Puis la pluie droite et drue a éteint le feu de cheminée mais, en même temps, s'est épaissie la fumée.

Laurent m'a entraînée loin du salon. Je toussais ; mes yeux larmoyaient : Laurent les a essuyés avec ses doigts – son premier geste tendre à mon endroit. Mais quand j'ai voulu saisir sa main, il me l'a refusée. Il m'a dit qu'au premier étage une chambre était prête pour moi. Et il a ajouté aussitôt :

– Il y a un train, demain matin, à neuf heures. Prenez-le !

- 20 -

Le lendemain, je me suis levée de bonne heure. Avec la volonté soudain ferme de prendre possession de la maison, je suis descendue à la cuisine et j'ai préparé le café.
J'en ai porté une tasse sur un plateau à Laurent.
Avait-il cru à mon départ ?

La porte de sa chambre n'était pas fermée. Je suis entrée sans préalablement m'annoncer. Le lit était défait. J'ai entendu couler de l'eau dans la pièce contiguë. Sur un fil proche de la fenêtre, un oiseau chantait et la petite chatte de Laurent le fixait. J'ai frappé dans mes mains et l'oiseau s'est envolé.
Alors Laurent, torse nu, est apparu dans le cadre de la porte du cabinet de toilette.

– Qu'est-ce que vous faites ?
– J'ai chassé un oiseau pour enlever à votre chatte toute tentation de meurtre.

Sans commentaire, il a disparu dans le cabinet de toilette.

Je me suis approchée du cadre de la porte.

– Je vous ai apporté du café.
– J'ai vu.

Le cabinet était exigu. Laurent se rasait à l'ancienne avec un coupe-chou. Par le truchement du miroir fixé au dessus du lavabo, nous avons échangé un long regard – lui, cessant de se raser le temps de ce long regard…

– Qu'est-ce que vous avez ? lui ai-je demandé.
– Rien.
– Alors, qu'est-ce que j'ai ?
– Vous êtes…
– Oui, je sais : insupportable.

Il m'a semblé, un instant, qu'il allait rectifier. Mais il a repris son rasage.

Alors j'ai caressé la chatte un long moment, frotté sa tête contre ma joue : elle était douce et docile, ronronnante.
Et puis je l'ai déposée sur le lit.
Et j'ai dit :

– Je m'en vais, Laurent ; ne tardez pas trop à boire votre café.

J'ai passé la porte.
J'étais dans l'escalier quand je l'ai entendu me crier :

– Il n'y a pas de train avant ce soir !

M'annoncer cela, était-ce parce qu'il avait le désir que je reste avec lui une journée encore ?
Je m'en suis tenue à ça : à cette croyance que je commençais peut-être à l'apprivoiser…
J'aurais dû m'en tenir à cela. Mais je lui ai répondu :

– Je vais au village téléphoner à mon père : il doit être inquiet.

Et lui parler de mon père, c'était le mettre en pensée de sa fille… MARIE… ELSA… CHRISTA…

Puyjoli ne compte pas plus de mille âmes comme on disait autrefois. Au milieu de la place, il y a un monument aux morts et à quelques pas de celui-ci, une cabine téléphonique.

Le soleil brillait et j'avais mis des lunettes noires. Être au cœur de la France, sentir l'odeur des champs et des jardins, les oreilles emplies des bruits de la nature, j'étais bien.

J'ai flâné un peu. Et ma flânerie m'a conduite à un bar-tabac-journaux. Sur la desserte qui présentait ces derniers, j'ai machinalement jeté un coup d'œil : l'un deux, quotidien régional, donnait la vedette à un dangereux individu en cavale criminelle et à une jeune fille de bonne famille qui avait disparu : MOI.
J'enlevais mes lunettes : oui, c'était bien moi, la fille d'un Monsieur Cartier, industriel parisien.
Machinalement, j'ai vérifié si à droite ou à gauche quelqu'un m'observait. Il n'y avait personne pour me prêter attention.

Un premier élan naturel m'a portée vers la cabine téléphonique. J'ai cherché des pièces dans mon sac. J'ai même décroché…

Et soudain, je ne sais pas ce qui s'est passé en moi, ce qui a bousculé ma raison. J'ai eu une sorte de saute étrange de la pensée. D'un coup, la situation que je vivais m'a paru si exceptionnelle, si magiquement éloignée du quotidien que j'ai décidé de m'y enfermer.
Et je n'ai pas téléphoné à mon père pour le rassurer.

- 21 -

Quand j'ai retrouvé Laurent, il était au salon. Il jouait.
Je me suis assise au bout de la grande table, le menton dans mon sac et je l'ai écouté.
Quand il a cessé de jouer, enfin quand il a posé son violon et l'archet sur la table, je suis venue vers lui qui me regardait avec tristesse et aménité. J'ai murmuré :

– J'ai fait un long chemin, Laurent... Je ne peux plus partir. Je reste avec vous.
– Non, vous partirez ce soir.

Sa voix était ferme, froide ; elle trichait avec son regard.
Il y a eu un temps de silence.

– Vous allez me demander pourquoi je reste.
– Non.
– Pourquoi je reste ? Dites : pourquoi je reste ?
– Vous partez tout de suite !
– Écoutez-moi.
– JE VOUS DIS DE PARTIR !
– Je suis Marie ; Marie ne partira pas. Marie aime cette maison, le parc, la chatte... la musique du violon. Tout. Vous. Vous, je vous aime.

Je suis venue près de lui, contre lui.
Et il m'a prise dans ses bras.

– Laisse-moi. Quitte cette maison. Va-t-en. Quitte-moi.
– Je vous aime.

Il me serrait fort. Il avait, je le sentais, mal de me serrer ainsi. Je voulais calmer cette douleur dont j'imaginais que Marie, l'Autre, était la source. Je lui ai dit, lèvres à lèvres :

– Laurent, je ne suis pas venue dans tes bras pour te faire du mal.

Il a esquivé ma bouche mais il m'a gardée contre lui pour m'avouer :

– Je sais que j'aurai mal quand tu t'éloigneras.

Et puis, relâchant son étreinte, il m'a dit :

– Si tu as fais ce long chemin pour… Enfin si c'est vrai que tu m'aimes… que tu aimes ma musique, alors je veux bien que tu restes quelques jours et je jouerai pour toi… Pour toi seule.
– Comme tu jouais ici pour MARIE-ELSA-CHRISTA ?
– Je l'appelais seulement Marie.
– Tu veux bien me parler d'elle ?
– Ce n'est pas encore possible.

Je n'ai pas insisté. Dans le silence qui a suivi, son émotion s'est apaisée, la mienne aussi, un peu. Il m'a demandé :

– Veux-tu que nous allions déjeuner au village ?
– Je préfère rester ici.
– Il y a quelques provisions dans les placards de la cuisine.
– J'ai vu.

Il était un peu à contre-jour mais je crois bien qu'il m'a souri.

– Ta chambre te plaît ?
– Elle est trop grande pour moi toute seule.
– Celle d'à côté est plus petite, tu peux la prendre.

Et de nouveau il est sorti sans m'inviter à la suivre.

Mais je savais que je n'aurais plus besoin de le chercher. Que je pouvais l'appeler, qu'il m'offrirait le refuge de ses bras. Restée seule, j'ai été très vite rendue à l'inquiétude, à une agitation d'esprit où se succédaient l'envie de courir à la cabine du village pour rassurer mon père et, aussitôt, celle, opposée, de le garder dans la quête angoissée de sa fille adorée qui voulait exister seule et très fort pour lui. Il y a eu, après, le désir de m'offrir à Laurent, de provoquer son désir, de toucher au mystère de Marie : que Laurent soit nu contre moi et nue serait alors sa pensée et je saurais tout de lui, de Marie, sa fille.

Il y avait du whisky dans la cuisine. J'en ai bu un demi-verre sans une goutte d'eau.

- 22 -

Le soir – ce soir-là – nous dînons au salon.
Nous nous éclairons aux bougies et à la clarté de la lune.
La nuit est chaude.

Laurent est calme. Il me parle avec conviction d'un compositeur du XIXème siècle dont j'ai oublié le nom et dont il m'assure qu'il est un immense talent méconnu. Et puis, sans la transition d'un silence, il me demande si j'ai téléphoné à mon père. Je dis non. J'affirme que je ne veux pas que les Autres nous dérangent, qu'on est bien là, tous les deux, au cœur de la France.

Il me parle de l'inquiétude des miens. Savent-ils où je suis ?

– Non, personne ne sait.

Il me dit qu'à la place de mon père, sans nouvelles de moi depuis quatre jours, il serait malade d'angoisse…

– Mon père est malade d'angoisse. Ça fait exactement cinq jours que je ne lui ai pas fait un signe.

Ça parait monstrueux à Laurent. Si j'aimais mon père…

– Mais je l'aime ! Comme Marie t'aimait toi, très fort ! Mais je ne veux pas parler de ça.

Évidemment, il ne comprend pas.

– Je ne veux pas parler de mon père avec toi qui ne veux pas me parler de Marie.

J'allume une cigarette.

Laurent me regarde intensément. À ces instants, je sens qu'il est à moi. Je suis la femme qu'il désire. Je lui prends la main et cette fois il me l'abandonne.

– Laurent, pourquoi t'es-tu enterré dans le métro ?… Pourquoi as-tu cessé de donner des concerts ? Pour vivre avec Marie ?...
– Plus que la musique, elle était ma raison d'être.
– Ce n'est pas vrai. Ce n'est pas ça. Son art passe avant tout pour un grand artiste et tu en es un…
– Moi, c'était d'abord Marie. À sa mort, j'ai connu la tentation du suicide… Par manque de courage, j'ai choisi l'anonymat.
– Non, tu n'as pas fait le choix de la lâcheté : tu as choisi de vivre… Mais pourquoi dans l'anonymat ? Pour te punir de quoi ?
– Trop occupé par mes concerts, mes enregistrements, je ne l'ai pas vue grandir. Je n'ai pas veillé sur elle comme il le fallait.

Il se lève et me retire sa main.

– Le soir où elle a eu son accident, j'ai su qu'elle était ce qu'il y a avait de plus important pour moi au monde. J'ai décidé à ma manière de partir avec elle…

Il s'éloigne de moi… Il se retourne :

– Je ne veux plus parler de sa mort. Bonne nuit, Marie.

Il ne voulait plus parler de la mort de Marie, alors nous aurions pu parler de notre vie, de nous deux, ici, à Puyjoli.

Mais je ne le suis pas. Je ne veux pas qu'il me ferme sa porte. Je suis déterminée à connaître son secret, la vérité de ce qui s'est passé entre lui et Marie…. Cette maudite idée m'obsède, me ronge. Et déjà, j'imagine des choses.

- 23 -

Vers minuit, brûlant de folles pensées, je suis montée jusqu'à sa chambre, en tee-shirt et petite culotte – et avec trois whisky tassés dans l'estomac.

Il ne dormait pas, il lisait.

Je me suis avancée jusqu'au pied de son lit.

– Tu es surpris, n'est-ce pas ?

Il n'a pas répondu. Dans son regard il y avait toujours cette immense et infinie tristesse…

– EUX-AUSSI, TU LES AS SURPRIS.
– De quoi parles-tu ?
– Tu as surpris Marie-ta-fille au lit, jambes en l'air avec un jeune homme. Ça te met hors de toi. Tu es la proie d'une émotion terrible. Tu arraches ce mec des bras de ton amour. Tu le chasses à coups de pompe dans le cul !
– MAIS QU'EST-CE QUE TU RACONTES ?

Alors je lâche toute la scène que j'ai imaginée. Les mots partent vite, déferlent sur Laurent.

– Elle dit, Marie-ta-fille, toute rouge de rage « J'ai ma vie à moi. Je la veux. Je ne veux plus attendre. Mon ami sait qui je suis. Pas toi. Ce que je veux. Pas toi, tu t'en fous. Il me parle, il m'écoute, il est tendre, il me plaît, me fait rire, trembler, me baise surtout ; on baise à mort, nous deux ! »

Adossée au mur, elle pleure, Marie-ta-fille. Et tu la regardes hébété, Marie-ta-fille. Marie-ta-fille devenue femme. Et à peine as-tu un mouvement vers elle qu'elle se jette, s'abat contre toi en sanglotant. Toi, tu l'étreins, désespéré, tu pleures avec elle, tu lèches son visage. Et elle, folle de toi, t'embrasse sur la bouche. Mais toi, horrifié, tu la repousses contre le mur. Et tu la vois là, nue contre le mur. Et les yeux plein de larmes, tu as une envie d'homme pour la femme, et tu avances sur elle et tu la gifles, tu la frappes sur la tête, tu pleures, tu frappes sur Marie à genoux, humiliée, perdue…

– TAIS-TOI !

Après ce cri, je crois qu'il a proféré :

– Sale pute !

J'ai enlevé mon tee-shirt.

– Regarde-moi, Laurent… Je t'en prie, regarde-moi.

Je ferme les yeux.

– Avec Marie, ce n'était pas possible. Mais avec moi, Laurent, oui, donne-lui… Donne-lui tout cet amour du monde… donne-le moi pour elle…

J'ai ouvert les yeux et alors… j'ai eu peur.

Le regard de Laurent me fixe, terrible.

Alors je m'enfuis.

Et Laurent me suit.

Je l'entends derrière moi quand je dévale l'escalier, quand je traverse le salon.

J'ouvre la porte.

Je me jette dans la nuit.

Je cours dans le parc.

Il va me rattraper.
J'atteins le bassin.

Je me retourne : Laurent est là, tout proche, une couverture de son lit dans les mains.
Je ne bouge plus.
Je le laisse venir à moi… Je ferme les yeux.
Je sens qu'il couvre mon corps dénudé de la couverture, qu'en la tenant par les deux bouts, il la referme sur moi, à hauteur de mon cou.
Il murmure :
– Je ne veux plus parler de la mort de Marie.

J'ouvre les yeux…

Et alors, c'est le cauchemar, l'horreur.
Laurent qui soudain s'affaisse…
Et qui essaie de se redresser en tenant mes hanches de ses bras…
Un instant sa tête est contre mes seins… et… de nouveau, il s'effondre.

Et puis, il y a le silence de cette nuit de lune entière.
Et, peu à peu, des ombres ici et là.
Et un faisceau de lumière sur moi.
Des silhouettes qui nous entourent.
J'entends la voix de mon père qui demande :
– Marie, ma chérie, tu n'as rien ?
Je n'ai rien.

Je n'ai plus rien.

- 24 -

Quand j'ai disparu, Jean-Louis m'a cherchée partout. Il a commencé par affronter ma concierge. Leur dialogue a été bref :

– Pardon, Madame, Mademoiselle Cartier ne vous a rien laissé pour moi ?
– Mademoiselle Cartier ne me laisse pas ses clefs.
– Il y a longtemps que vous ne l'avez pas vue ?
– Je ne la vois jamais. Elle rentre chez elle - quand elle rentre -, aux heures d'une personne qui ne vit pas normalement.

Et elle lui a fermé la porte de la loge au nez.

Alors, il est allé à la Fac. A interrogé mes amis. Puis il est venu sonner chez mon père Et, ensemble, ils ont remué ciel et terre pour me retrouver.

- 25 -

Aujourd'hui, c'est un fait divers oublié.
J'ai dit aux autorités et aux lecteurs de journaux que j'étais la maîtresse de Laurent Gruber – oui, un homme qui aurait pu être mon père.
Les radios ont diffusé quelques un de ses enregistrements.
Pendant deux jours des gens ont appris notre histoire et vu enfin qu'il y avait eu un immense violoniste qui s'appelait Laurent Gruber et que, désormais, il habiterait sans nous au cimetière du Père Lachaise.

Aujourd'hui, je vis seule.
J'ai accepté de voir Jean-Louis plusieurs fois après la mort de Laurent et puis, comme il a senti que je ne serais plus le cœur et la chair de sa vie, il est allé la jouer ailleurs avec une compagne rigolote qui, paraît-il, chante tout le temps. Elle le suit sur les routes. Je crois qu'il est heureux.
Quant à mon père, il a été très attentif pendant des mois, aux petits soins pour moi.
J'ai fini ma maîtrise, je l'ai obtenue et papa a été comblé ; il s'est remarié avec la belle aux cheveux blonds en chignon que j'avais aperçue, la première fois, au concert de Vittorio Scalone.
À présent, je les vois peu.
On se téléphone.

Si j'ai écrit notre histoire, Laurent, c'est parce que j'ai lu cette phrase de Jacques Chardonne, il y a quelques jours : *« Beaucoup d'hommes n'ont connu qu'un amour : l'amour pour leur fille ; et c'est bien là tout l'amour avec sa damnation ».*
Cette phrase m'a bouleversée.

Une dernière pensée me vient… Si on me pose un jour la question essentielle : « Qu'as-tu fait de ta vie, Marie ? », je répondrai que semblable à bon nombre de femmes en ce monde, j'ai aidé simplement un homme à mourir.

FIN

Paris, août 1993.

Romans et nouvelles d'Europe
aux éditions L'Harmattan

Dernières parutions

LA CLAIRIÈRE DU MENSONGE
Roman
Alain Lozac'h
Paris, l'été 1936, le Front populaire. Louise, jeune employée dans un magasin des grands boulevards et Adam, exilé polonais, se rencontrent alors qu'ils veulent tous deux soutenir l'Espagne républicaine. Adam s'engage dans les brigades internationales, Louise s'occupe dans un premier temps d'enfants espagnols réfugiés. Ils se retrouvent à Paris, alors que la Catalogne est sur le point de tomber aux mains des franquistes. Puis Adam rejoint Cracovie... Une nouvelle guerre éclate...
(Coll. Écritures, 17,5 euros, 186 p., mars 2015)
EAN : 9782343056616 EAN PDF : 9782336371542

CONTES DE LA LUNE ROUSSE
Vincent Silveira
Dans un voyage à travers le temps et l'espace, Moyen Âge, Grande Révolution, guerre d'Espagne, les nouvelles de cet ouvrage évoluent sous le regard d'une lune rousse omniprésente. On passera, sans crier gare, ou sans reprendre son souffle, de la violence et de l'âpreté des deux contes médiévaux, au lyrisme ; de la dénonciation militante, au fantastique. Enfin, au détour de plus d'une page, le lecteur pourra retrouver l'écriture caractéristique de l'auteur mêlant érudition, érotisme et humour.
(14,5 euros, 148 p., mars 2015)
EAN : 9782343055411 EAN PDF : 9782336372815

LE FILS CHARTREUX DE BARBEROUSSE
Annie Maas
En 1168, Terric est simple frère convers à la chartreuse Sainte-Marie de la Sylve-Bénite, à quelques encablures du lac Paladru. Fils, né hors mariage, de l'empereur Frédéric 1er, dit Barberousse, il va connaître une extraordinaire épopée qui le mènera d'Allemagne en Dauphiné et du Dauphiné en Italie. Il devient l'émissaire de son père. Les négociations secrètes qu'il va mener seront déterminantes pour que le schisme qui divise l'Empire prenne fin. Ce roman tente d'éclairer la vie de ce personnage énigmatique et attachant.
(Coll. Romans historiques, 19,5 euros, 266 p., mars 2015)
EAN : 9782343057347 EAN PDF : 9782336373119

MADAME BETHSABÉE
Roman
Henri Froment-Meurice
L'auteur s'empare de la célèbre histoire de David et Bethsabée pour la situer dans notre monde d'aujourd'hui. Si le lecteur n'a guère de mal à imaginer que David,

très autoritaire empereur d'Orient, ne se contentera pas de regarder Madame Bethsabée sortir de son bain, il ira ensuite de surprise en surprise. Il découvrira que celle-ci, bien que femme dans un Empire d'hommes, s'impose et finit par faire l'Histoire.
(Coll. Écritures, 38 euros, 552 p., mars 2015)
EAN : 9782343043708 EAN PDF : 9782336372242

MOBY DICK AUX CANARIES
Rosario Valcarcel
Traduit de l'espagnol par Marie-Claire Durand-Guiziou et Jean-Marie Flores
La fraîcheur et la spontanéité donnent le ton à ce roman dont le titre rappelle que Las Palmas a eu ses moments de gloire en 1954 grâce au tournage du film Moby Dick. La présence lumineuse de Grégory Peck va alors transformer le quotidien insulaire et monocorde de l'héroïne adolescente en instants magiques. Dans une société assujettie à une Église omniprésente, sous un régime de contraintes, seule la subtile ingéniosité de ses habitants pourra composer avec l'adversité.
(Coll. Lettres canariennes, 20 euros, 190 p., mars 2015)
EAN : 9782343050911 / EAN PDF : 9782336371962

QUEL EST VOTRE NOM ?
Roman
Thierry Albert
Paris, les années 80. Un couple de jeunes étudiants, Pierre et Marie, héritent du journal de leur professeur de philosophie et père spirituel. Animés du désir d'en savoir davantage, ils enquêtent et rencontrent plusieurs protagonistes qui mettent au jour la complexité et les paradoxes de leur mentor. Comment a-t-il pu devenir antisémite et pétainiste en 1940 ? Comment expliquer son soutien à Dora Bruder, qu'il a hébergé dans un Paris occupé ? Pourquoi rejeter la psychanalyse de Lacan et suivre une analyse avec lui ? Pourquoi a-t-il légué son journal à ses étudiants ?
(Coll. Rue des écoles, 14,5 euros, 140 p., mars 2015)
EAN : 9782343053844 EAN PDF : 9782336370880

SALLE DES PAS PERDUS
Nouvelles
Claire Julier
La rumeur recommençait. D'abord quelques mots crus lancés par des hommes. Les femmes les avaient attrapés avec avidité, en avaient ajoutés. L'histoire s'inventait, longue, de plus en plus longue, nauséabonde. Chuchotements, bouche à oreille. Et puis, elles ne se gênent plus. «Une belle salope ! Si c'est pas une honte, revenir ici. Elle porte le malheur sur elle. Même vieille. Folle, folle à lier !» Les voix montaient, stridentes, vulgaires. Les rires devenaient gras, puis s'étouffaient.
(15 euros, 146 p., mars 2015)
EAN : 9782343056968 EAN PDF : 9782336371382

SUR LA SELLETTE
Nouvelles
Annie Ferret
Elles se déshabillent et s'immobilisent le temps d'une pose. Nues. Des femmes, le plus souvent. Des modèles parfois incroyablement lucides, parfois bêtement aveuglés et jouant avec le feu. Les nouvelles rassemblées ici ouvrent au lecteur une

porte qu'un étranger ne devrait jamais franchir : celle de l'atelier de l'artiste, face à face avec son modèle. Porte derrière laquelle, si l'on n'y prend pas garde, de l'art à la folie, il n'y a parfois qu'un pas...
(15,5 euros, 152 p., mars 2015)
EAN : 9782343058009 EAN PDF : 9782336372914

LE TEMPS D'UNE VIGNE
Roman
Pierre Pommier
Chronique vigneronne dans le Bordelais. Amours, conflits et projets d'une famille de viticulteurs. En toile de fond : l'art du vin. Au fil des générations, ce monde se transforme. Des investisseurs rachètent les vignes. La commercialisation s'accommode de petits arrangements. Un vaste projet d'infrastructure menace l'environnement. La famille Baumont veut résister aux pressions, rénover le domaine, développer le goût de l'excellence. Le pourra-t-elle ?
(Coll. Littérature et régions, 18 euros, 194 p., mars 2015)
EAN : 9782343055978 EAN PDF : 9782336372273

L'AMOUR À L'AUBE DU CRÉPUSCULE
Roman
Ginie Chabriel, E. Nessuno
Les deux auteurs ont voulu traiter, dans ce roman, la vie des septuagénaires en abordant des sujets dont on parle peu : leurs solitudes, leurs relations amoureuses et leurs besoins sexuels. Eux-mêmes n'en font pas (ou peu) état, par pudeur et par crainte d'être jugés. Si certains séniors acceptent progressivement d'afficher leur soif de vivre en jouissant pleinement de leurs dernières années, pourquoi ce sujet resterait-il encore culturellement tabou ?
(20 euros, 216 p., janvier 2015)
EAN : 9782343053493 EAN PDF : 9782336367828

DU THÉÂTRE ET DES SOUVENIRS
Nouvelles
Yoland Simon
Le théâtre est le personnage principal de ces trois nouvelles. La première s'apparente à un récit initiatique où l'héroïne tente de se reconstruire grâce à un stage d'art dramatique aux exercices suprenants, inspirés de Stanislavski. Dans la seconde, l'auteur nous conte la création de *Mademoiselle Julie* de Strindberg. La dernière nous rappelle enfin que le théâtre ne serait rien sans ses spectateurs, comme ces deux amies qui célèbrent son culte dans la légendaire Cité des Papes.
(15,5 euros, 158 p., janvier 2015)
EAN : 9782343053745 EAN PDF : 9782336368221

L'ENCHANTEMENT
Récit
Dominique Renaud
Au crépuscule de sa vie, un homme s'éprend d'une jeune femme inaccessible. Lui vient alors l'idée de lui écrire, de prolonger cet envoûtement qui se traduit bientôt en une confrontation avec sa propre vie, son propre vieillissement, et la conscience claire de sa mort, inéluctable.
(14,5 euros, 144 p., janvier 2015)
EAN : 9782343042985 EAN PDF : 9782336365558

ENFANTS ÉGARÉS. DANS LES BRAS D'UNE MÈRE GOUROU
Roman
Calixte Baniafouna
Wivine, Xénia, Yvan et Zacharie sont deux sœurs et deux frères des mêmes père et mère, élevés selon deux modèles d'éducation. L'un, pratiqué par le père, privilégiait l'épanouissement personnel des enfants. L'autre, pratiqué par la mère, prônait la facilité, l'objectif étant de faire des enfants… des stars ! Ce roman est inspiré d'une histoire vraie, racontée avec ses conséquences dramatiques.
(19,5 euros, 222 p., janvier 2015)
EAN : 9782343045542 EAN PDF : 9782336365237

ET VOILÀ D'OÙ TU VIENS MON ENFANT
Roman
Jo Noorbergen
«L'écriture, je l'effleure comme on offre un message à l'océan. J'écris sporadiquement comme l'eau qui s'échappe entre les doigts. Non pas comme un ouvrier laborieux, mais comme le papillon volage, je butine de situations en mémoires. Ce sont des rencontres, des voyages, des humeurs, des étonnements, des sourires, des sanglots et des pleurs. Mes écrits, je les confie au gré des hasards avec l'inquiétude de celui qui lâche aux vents la carte et sa baudruche, et s'apprête à attendre toute une vie qu'un inconnu la lui renvoie du fin fond de son enfance.»
(Coll. Amarante, 23,5 euros, 276 p., janvier 2015)
EAN : 9782343044002 EAN PDF : 9782336366265

LE GRAND PROJET
Dernier visa pour les Tropiques – Roman
Richard GUERIN
Lorsque le cabinet Électra accepte de travailler pour le ministère de l'Intérieur, il ne se doute pas quel esprit machiavélique il devra affronter. Le bouillant Le Pornic, politicien sans scrupules, confie à quelques experts le soin de rédiger un projet qui sorte de l'ordinaire : le Grand Projet. Une génération entière est sacrifiée au profit de l'État. Il faudra compter sur un ancien chercheur du CNRS et sur son amie journaliste, Célia Borromini, pour confondre les auteurs des crimes et faire avorter le Grand Projet.
(Coll. Écritures, 26 euros, 306 p., janvier 2015)
EAN : 9782343047799 EAN PDF : 9782336368597

HERMINE ET LE VIEUX JEUNE HOMME
Jay Alansky
Un cinéaste exilé qui, le temps d'un seul film, connut le succès, regagne Paris pour organiser un casting auquel se présente la déroutante Hermine. Cette rencontre transforme le cours de leurs vies et fait ressurgir les fantômes, les ombres et les marques de leurs passés. Qui sont ces actrices déchues et oubliées qui soudain réapparaissent ? Que cache l'enfance d'Hermine et celle de ce «fils blessé» ? À la solitude érudite de celui qui place le cinéma plus haut que tout, succèdent les rêves et les visions hallucinées d'un «vieux jeune homme» d'une exigence obsessive qui trouve en Hermine son double et l'amour qu'il n'attendait plus.
(23 euros, 260 p., janvier 2015)
EAN : 9782343047645 EAN PDF : 9782336366470

L'HARMATTAN ITALIA
Via Degli Artisti 15; 10124 Torino

L'HARMATTAN HONGRIE
Könyvesbolt ; Kossuth L. u. 14-16
1053 Budapest

L'HARMATTAN KINSHASA
185, avenue Nyangwe
Commune de Lingwala
Kinshasa, R.D. Congo
(00243) 998697603 ou (00243) 999229662

L'HARMATTAN CONGO
67, av. E. P. Lumumba
Bât. – Congo Pharmacie (Bib. Nat.)
BP2874 Brazzaville
harmattan.congo@yahoo.fr

L'HARMATTAN GUINÉE
Almamya Rue KA 028, en face
du restaurant Le Cèdre
OKB agency BP 3470 Conakry
(00224) 657 20 85 08 / 664 28 91 96
harmattanguinee@yahoo.fr

L'HARMATTAN MALI
Rue 73, Porte 536, Niamakoro,
Cité Unicef, Bamako
Tél. 00 (223) 20205724 / +(223) 76378082
poudiougopaul@yahoo.fr
pp.harmattan@gmail.com

L'HARMATTAN CAMEROUN
BP 11486
Face à la SNI, immeuble Don Bosco
Yaoundé
(00237) 99 76 61 66
harmattancam@yahoo.fr

L'HARMATTAN CÔTE D'IVOIRE
Résidence Karl / cité des arts
Abidjan-Cocody 03 BP 1588 Abidjan 03
(00225) 05 77 87 31
etien_nda@yahoo.fr

L'HARMATTAN BURKINA
Penou Achille Some
Ouagadougou
(+226) 70 26 88 27

L'HARMATTAN SÉNÉGAL
10 VDN en face Mermoz, après le pont de Fann
BP 45034 Dakar Fann
33 825 98 58 / 33 860 9858
senharmattan@gmail.com / senlibraire@gmail.com
www.harmattansenegal.com

L'HARMATTAN BÉNIN
ISOR-BENIN
01 BP 359 COTONOU-RP
Quartier Gbèdjromèdé,
Rue Agbélenco, Lot 1247 I
Tél : 00 229 21 32 53 79
christian_dablaka123@yahoo.fr

Achevé d'imprimer par Corlet Numérique - 14110 Condé-sur-Noireau
N° d'Imprimeur : 124082 - Dépôt légal : décembre 2015 - *Imprimé en France*